Coplas,
poèmes de l'amour andalou

Coplas, poèmes de l'amour andalou

Traduit de l'espagnol par

PAR GUY LÉVIS MANO

Illustrations de

JAVIER VILATÓ

IDEM • VELLE

AC • IDEM • NOLLE

ÉDITIONS ALLIA

16, RUE CHARLEMAGNE, PARIS IVe

2016

Sur les six cordes de boyau de la guitare, avec quatre lignes de mots sortis de ses entrailles, le peuple chante sa peine. C'est une fenêtre ouverte sur l'âme de tout homme. C'est la copla. Nul poète n'a su exprimer avec tant d'intensité et une telle économie de mots, les fleurs et les ronces de la passion et du désespoir. Il n'y a pas, chez l'auteur anonyme de la copla, intention d'art. Il chante quand cela lui chante, se plaint quand il a peine ; il mêle souvent l'amour avec la mort, rarement avec la joie. Il n'écrit pas, il donne son soupir au vent, et le vent le rapporte. Chaque copla est la pointe-sèche d'un des motifs qui sont la vie et la transe de l'être ; motifs perpétuels, communs et limités : la femme et l'homme, l'amour, la haine, la pauvreté, la peine, la mort. Un accent inouï, un sens extrême de l'évocation. Avec une image tout un drame est dit. On entend, mais surtout on voit. Et presque toujours c'est triste comme la condition humaine ; une légère ironie effile, parfois, l'âpreté du cri.

Une effluence païenne persiste dans ces chants. On sait que le chrétien a frayé avec les infidèles.

Le cantaor engage dans ses amours profanes Dieu, Jésus, les saints, le pape. Lorsque l'aimée naquit, il y eut liesse au ciel et même Jésus dansa. À l'église, devant la belle, les saints, tous saints qu'ils soient, pourraient descendre de l'autel. Et le désir du chanteur prend image dans les pieds de Jésus, "l'un au-dessus de l'autre, un petit clou entre les deux"...

La copla pousse en Andalousie. Elle est l'une des principales expressions du Cante flamenco ou Cante jondo. Elle est andalouse et gitane. Les gitans, qui venaient, dit-on, de l'Inde, s'établirent en Andalousie. Il y eut mariage d'âme. Et peut-être ne faut-il pas négliger l'apport des Maures, qui importèrent la primitive guitare, ni celui des Juifs avec leur lamentation.

Aucune nation n'a donné à la poésie d'éternité un tel ensemble de chants, jaillis anonymement de chaque papille de son jour, de chaque étoile de sa nuit, de son héroïsme et de sa faillite, poésie de chair et d'âme que sont le Romancero espagnol, le Cancionero, et le Cante jondo.

GUY LÉVIS MANO

La figure du "cantaor" se trouve entre deux grandes lignes ; l'arc du ciel à l'extérieur et le zigzag qui serpente dans son âme. Le "cantaor", quand il chante, célèbre un rite solennel, il tire les vieilles essences dormantes et les lance au vent enveloppées dans sa voix... ; il a un profond sens religieux du chant. La race se sert d'eux pour laisser échapper sa douleur et sa véridique histoire. Ils sont de simples médiums, crêtes lyriques de notre peuple.

FEDERICO GARCÍA LORCA

COPLAS ESPAGNOLES

Le jour que tu naquis
un morceau de ciel tomba ;
jusqu'à ce que tu meures
le trou y restera.

Le jour que tu naquis
naquirent toutes les fleurs,
et sur les fonts baptismaux
chantèrent les rossignols.

L'oranger de ta cour,
quand de lui tu t'approches,
de ses fleurs se dépouille
et les jette à tes pieds.

Ta bouche est une prison
sans verrous et sans clés ;
les prisonniers sont des perles
et les portes de corail.

Bénie soit ta maison
et l'artisan qui la fit :
car dedans est la gloire
et dehors le paradis.

L'alcarazas de ta maison,
je voudrais être, petite,
pour baiser tes lèvres
quand tu y boirais.

Si je me trouvais avec toi,
la porte étant fermée,
le serrurier pourrait mourir
et la clef se casser !...

Si je te tenais dans mes bras
imagine ce que je ferais :
tu es femme ; moi, je suis homme ;
tuer, non, je ne te tuerais pas.

Pour ton regard, une rose ;
pour deux œillets, un baiser.
Quand veux-tu ma toute belle,
que je te donne mon jardin ?

Petits faisceaux d'épingles
sont tes cils, ma petite ;
chaque fois que tu me regardes
tu me les enfonces dans l'âme.

Des yeux de marin
a mon amant :
l'un regarde au Ponant,
l'autre au Levant.

Petit amant, petit amant,
mon amant, mon amant,
les cils me gênent
pour te regarder.

Quand je te vis venir
à mon cœur je lui dis :
– Quelle jolie pierre
pour trébucher !

Dame au mouchoir noir,
dis-moi qui tu as perdu ;
si c'est ton père, pleure-le ;
si c'est ton amant, je suis là.

À la mer aboutissent,
Marie, toutes les rivières,
et là iront s'unir
tes amours et les miennes.

Me trouver aussi haut
que l'Étoile du Nord,
pour savoir ce que fait
cette nuit mon amant !

Je suis un et tu es une ;
un et une qui sont deux ;
deux qui devraient n'être qu'un ;
ah ! si Dieu le voulait !

Quand tu iras à l'église,
mets un voile sur ton visage,
car les saints, tout saints qu'ils soient,
descendent des autels.

De ma maison à la tienne,
il n'y a qu'un pas, ma brune ;
mais de la tienne à la mienne,
ah, que le chemin est long !

Me dire à moi de t'oublier
c'est prêcher dans le désert,
c'est marteler un fer froid,
et causer avec les morts.

Une gitane comme moi
tu n'en trouveras pas,
se ferait-elle gitane
toute la chrétienté.

Que j'aie la bouche grande,
que j'aie la bouche petite,
si tu ne dois pas m'épouser
à quoi bon la mesurer?

Du Saint-Père de Rome
j'attends l'excommunication,
parce qu'il sait que j'ai dit
que je t'aime plus que Dieu.

Même le Saint-Père de Rome
ne ferait ce que moi j'ai fait:
dormir avec toi une nuit
et ne pas toucher à ton corps.

Hier tu m'as dit aujourd'hui,
aujourd'hui tu dis demain,
et demain tu me diras
que l'envie t'a passé.

Tant que tu n'es pas ivre
tu ne me recherches pas ;
plût à Dieu que tu sois ivre
à toute heure du jour.

On se poignarde à ma porte !
Ciel ! Que se passe-t-il ?
Deux hommes s'entretuent...
Mère, si c'était pour moi ?

Ta mère n'a pas été bonne ;
tu ne le seras pas non plus ;
de mauvais blé, mauvaise farine ;
de mauvaise farine, mauvais pain.

Fille aux vingt fiancés
qui n'en épouses aucun ;
si pour un roi tu te gardes
les cartes en ont quatre.

Tu es Marthe la compatissante,
si pleine de charité,
qu'aucun pauvre à ta porte
ne s'en va inconsolé.

Dieu fit d'abord l'homme
et la femme ensuite ;
d'abord on construit les tours,
ensuite les girouettes.

Maudite la girouette
qui est en haut de la tour !
Vient un vent et vient un autre,
et à tous elle répond.

Je veux bâtir un château
sur la tête d'une épingle,
et il tiendra plus fermement
que n'a tenu ton amour.

C'est pierre jetée dans la rivière
l'amour que j'ai mis en toi :
s'en va au fond, s'enfonce
et ne peut plus remonter.

Les yeux de mon visage
qui veut les acheter ?
Je les vends comme traîtres,
car ils publient mon mal.

Si les larmes que je pleure
en briques se transformaient,
au milieu de la mer salée
j'édifierais un château fort.

Dieu fasse que tu sois
dans une geôle obscure,
et que par ma main passe
toute ta nourriture.

Va demander à Dieu
qu'il te pardonne tes fautes ;
car seulement Dieu peut faire
ce que ne peuvent les hommes.

Hier soir je vis vendre
sur la place royale
la parole d'un homme.
Personne ne l'acheta !

À la mer s'en furent mes yeux
en quête d'eau pour pleurer,
s'en revinrent sans elle
car la mer était sèche.

On dit que tu t'en vas lundi ;
viens t'embarquer à ma porte ;
mes bras seront les rames
et mes larmes la mer.

Du noyau d'une olive
je ferai un navire,
pour qu'ils aillent et viennent,
tes soupirs et les miens.

Jusqu'à mes soupirs
qui sont plus heureux que moi ;
ils s'en vont et je demeure ;
ils s'en vont et moi pas.

Les soupirs qui de moi sortent
et ceux qui de toi sortiront,
s'ils se rencontrent en chemin,
que de choses ils se diront !

Dans la maison des peines
on ne veut plus de moi ;
car j'ai plus de peines
qu'elle n'en peut tenir.

Peine et ce qui n'est peine,
tout est peine pour moi,
hier de ne pas te voir,
aujourd'hui de t'avoir vue.

Rose me fit ma mère,
pour être plus malheureuse ;
car il n'y a rose au rosier
qui ne meure effeuillée.

Le jour où tu te marieras,
que le curé devienne fou,
que le sacristain ne paraisse,
et l'enfant de chœur non plus.

S'il m'arrive de mourir,
sache que je te charge
de m'attacher les mains
avec tes tresses noires.

J'ai demandé qu'on t'ensevelisse
avec ta petite main dehors ;
les marguerites fleurissent
à chaque nouveau printemps.

Je demanderai que l'on m'enterre
assis lorsque je mourrai,
afin que tu puisses dire :
– Il est mort, mais il m'attend.

Je voudrais être le tombeau
où tu seras enterrée,
pour te tenir dans mes bras
durant toute l'éternité.

À un crucifix de fer
j'ai raconté ma douleur,
vois quelle douleur c'était,
le crucifix en pleurait !

Vierge aux sept poignards
sur la plaie sanglante ;
ce ne furent que sept maux,
les miens ne se comptent plus.

CANTES FLAMENCOS

Arbrisseau, tu t'es desséché
ayant l'eau à tes pieds,
la vigueur dans le tronc
et le désir dans le bourgeon.

De la branche de l'épine
je vis sortir un œillet,
parce que la toucha mon amie
avec la pointe du pied.

Lorsque je te vois venir
au loin dans la rue,
à mon corps s'ajoutent
cent livres de chair et plus.

Je l'envie la terre
et j'envie les vers
qui viendront manger
ce corps si gitan.

La neige sur ton visage
passa en disant :
là où je ne fais défaut
je ne reste pas.

Je ne sais ce qu'ont les fleurs
qui sont au cimetière,
quand le vent les agite
on dirait qu'elles pleurent.

Sans le vouloir, je foulai
une fleur sur son tombeau,
de la fleur sortit un "ay !"
qui se cloua dans mon âme.

Petite compagne de l'âme,
quel tourment endure celui
qui a l'eau sur les lèvres
et boire ne peut !

Je t'aime tellement
que je voudrais t'emporter
enfouie dans la poche
comme un morceau de pain.

Des trois couleurs, mère,
le brun est la plus belle :
car bruns étaient les clous
que l'on mit au Christ.

Quand serons-nous, mignonne,
tels les pieds du Seigneur :
l'un au-dessus de l'autre,
un petit clou entre les deux !

Petite bouche de rose ouverte,
tu ne dures pas toute la vie ;
rosiers j'ai vu dans le jardin
qui sont des couronnes d'épines.

Tel le taureau est ton amour,
où on l'appelle il court,
et le mien est comme la pierre,
qui reste où on la pose.

Dans le jardin de ma reine
j'étais jardinier,
au temps de cueillir les roses
autre jardinier y vint.

Si vivant je ne me venge,
dans la mort me vengerai ;
je parcourrai toutes les tombes
jusqu'à te retrouver.

La lampe va s'éteindre ;
l'huilière n'a plus d'huile…
je ne dis pas que tu t'en ailles,
je ne te dis pas de rester.

Aux règles de la lune
est soumis mon amant;
pour un peu qu'il croît,
longtemps il décroît.

Pour que je puisse t'oublier
il faudrait qu'il y ait
diligences par les mers
et barques sur les chemins.

Les petites peines miennes
sont comme les vagues de la mer:
de petites peines viennent,
d'autres petites peines s'en vont.

Souci, où me mènes-tu,
que je ne puis te suivre?
Ne me mets pas en lieu
d'où je ne puisse sortir.

Maudite soit la robe noire,
et le tailleur qui la coupa,
car mon amante est en deuil
et je ne suis pas le mort !

Emporte là-bas mon cœur,
jette-le sur la chandelle ;
mais ne touche pas aux cendres,
tu brûlerais avec elles.

Si les pierres de ta rue
avaient connaissance,
en me voyant approcher
pleureraient compatissantes.

De nuit je vais aux champs,
et là où je m'assieds
jusqu'aux herbes que je foule
qui se sèchent d'affliction.

Absente je t'idolâtre,
les peines cèdent,
verts sont les rideaux
de ma mémoire.

J'ai une peine, une peine,
que si cette peine me dure,
on peut me préparer
la bière et la sépulture.

Assez de souffrir, compagne,
je ne suis pas de bronze;
les pierres se fendent
à force de coups.

Je ne suis plus ce que j'étais
et n'agis plus comme j'agissais :
je suis un tableau de tristesses
appuyé sur le mur.

Dix ans après ma mort
et mangé par les vers,
lettres auront mes os
disant que je t'aimais.

J'ai perdu le sommeil
et ne sais où le chercher;
je le chercherai dans l'oubli...
Et l'oubli? Où le trouver?

Tous les hommes en naissant
ont au front une inscription,
écrite en lettres de feu,
qui dit: "Condamné à mort".

Songe que Dieu te regarde;
songe qu'il te regarde à l'instant;
songe que tu devras mourir;
songe que tu ne sais pas quand.

Au commencement du déluge
tous les hommes allaient joyeux,
se répétant les uns aux autres :
– Quelle bonne année nous
aurons !

Le livre de l'expérience
ne sert de rien à l'homme ;
à la fin est sa sentence ;
et nul n'arrive à la fin !

COPLAS DE LA PEINE
ET DE L'AMOUR

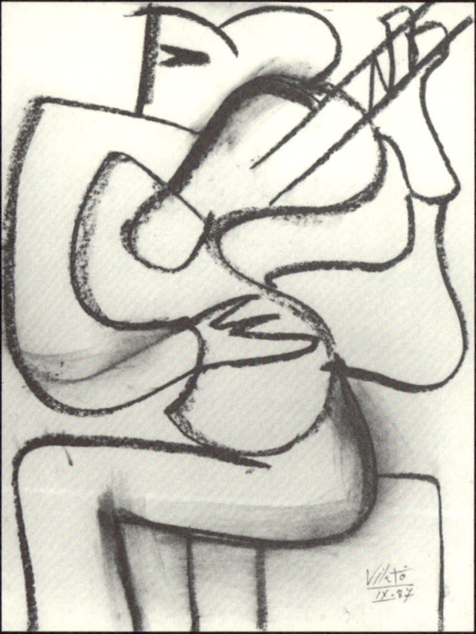
Viñoló
IX.87

Les étoiles du ciel
n'y sont pas au complet,
car ma belle en son visage
garde les deux principales.

S'ils se changeaient en étoiles
les baisers que je t'ai donnés,
ressemblerait ton visage
à un petit ciel étoilé.

Va-t'en de cette fenêtre
parce que je vais soupirer :
mes soupirs sont de feu
et pourraient t'embraser.

De ta fenêtre à la mienne
tu me jetas un citron,
le citron tomba dans la rue,
le jus dans mon cœur.

Volant de bouche en bouche
un chant atteignit ma maison,
et du miel qu'il portait
laissa une goutte en mon âme.

Réveille-toi, belle alouette,
à ta porte est un chardonneret,
sur ta gorge il y a une rose
et dans ta poitrine un prisonnier.

Un jour Dieu voudra peut-être
que Pâque tombe un vendredi,
et la lune sur ton toit,
et moi dans le lit où tu dors.

Si ton visage était une église,
si ta chambre était un autel,
et ton lit un tombeau,
j'irais m'y enterrer vivant.

Si je savais qu'avec des fleurs
je pourrais t'obtenir,
je t'apporterais plus de fleurs
que n'ont mai et avril.

Le démon sont les puces,
qui sont sans religion,
couchent avec les filles,
moi, je n'y parviens point.

Si je savais quelles pierres
mon amour foule dans la rue,
je les mettrais à l'envers
pour que personne ne les foule.

Je dépaverai ta rue
et la couvrirai de sable,
pour reconnaître les traces
de ceux qui rôdent chez toi.

La première Dieu la fit
et elle trompa Adam.
Si celle-là Dieu l'a faite,
comment seront donc les autres ?

Autrefois elles étaient douces
les eaux de la mer,
mais ma gitane y cracha
et elles devinrent salées.

Qu'ont-ils donc ses yeux
lorsqu'ils me regardent,
que tous les os de mon corps, mère,
tous ils me les blessent.

Pauvre de moi qui me plains
d'un amour qui m'a trompé,
tel qui regarde la pierre
après qu'il a trébuché !

J’ai vu un homme vivre
avec plus de cent coups de poignard,
et ensuite je l’ai vu mourir
à cause d’un regard.

Malheureux de ne te voir
je vis sur cette terre :
quand moi je ne meurs pas,
personne ne meurt de peine.

J’ai une peine, une peine,
que je pourrais presque dire
que moi je n’ai pas la peine,
c’est la peine qui m’a.

Dans la solitude des champs
je m’en allai pleurer ma peine,
et je pleurai si longuement
que fleurirent toutes les herbes.

Ni avec toi, ni sans toi,
mes maux n'ont de remède :
avec toi, parce que tu me tues,
et sans toi, parce que je me meurs.

Si je savais que ma mort
pourrait te faire pleurer,
pour une larme de toi
je me laisserais tuer.

Maudit celui qui me donna
si grand amour pour t'aimer,
car maintenant pour t'oublier
mes fatigues sont mortelles.

Ne pleure pas mon cœur,
ne pleure pas, n'aie pas de peine,
que si tu traverses misères
d'autres traînent des chaînes.

Malheureux je suis
jusque dans ma marche,
les pas que je fais
s'en vont en arrière.

Petite chemise de mon corps
tu ne te laves plus dans l'eau,
tu te laves dans les pleurs
que versent mes yeux.

Quand un homme très mâle
laisse paraître ses larmes,
là-bas au fond de l'âme
quelle peine il doit avoir !

Celui qui a grande peine
qu'il vienne se joindre à moi,
pour voir si pleurant le sang
il nous vient consolation.

Les petits oiseaux et moi
nous nous levons ensemble,
eux, pour chanter l'aurore,
moi, pour pleurer mon chagrin.

Elle mourut ; sur le visage
je lui mis un petit mouchoir,
afin que ne touchât la terre
la bouche que j'avais baisée.

Au pied de son tombeau
à genoux je pleurais,
les larmes de mes yeux
gémissaient en tombant.

Si je savais l'endroit
où elle est enterrée
je sortirais ses os
et les embaumerais.

L'amour que j'ai mis en toi,
si constant et si sincère,
si je l'avais mis en Dieu
j'aurais mérité le ciel.

Ces jolis yeux bleus
tu les as volés au ciel,
et au ciel tu rendras compte
du mal que tu fis avec eux.

La parole que tu me donnas
au bord de la fontaine,
comme ce fut près de l'eau
le courant l'emporta.

Fille aux vingt fiancés,
et, avec moi, vingt et un,
si tous sont comme moi,
tu resteras sans aucun.

L'amour de l'homme pauvre
est comme celui du coq nain,
qu'en aimant sans atteindre
s'écoule toute son année.

Va trouver ta mère et dis-lui,
si d'être pauvre elle me méprise,
que le monde tourne beaucoup
et qu'hier s'écroula une tour.

Ne pense pas que je t'aime
parce que je regarde ton visage ;
beaucoup vont à la foire
pour voir, et n'achètent rien.

Je le préfère blanc et froid
que brun et gracieux ;
je ne veux pas avant la nuit
l'obscurité à la maison.

Je m'énamourai de nuit
et la lune me trompa ;
que je m'énamoure encore
il fera jour et soleil.

Elle croyait la très sotte,
croyait que je pleurerais,
elle ne sait pas qu'à la taverne
on vend des verres de joie.

Les yeux de ma belle
sont de pain tendre,
et les miens de faim
se meurent.

Les paroles d'amour
sont les grains d'un collier ;
que tombe la première
toutes les autres suivent.

Je m'accroche aux racines
qui sont dessous la terre,
mais ne m'accroche pas aux
  branches
parce que le vent les emporte.

D'une côte d'Adam
Dieu créa la femme,
pour laisser aux hommes
cet os à ronger.

SOLEARES

Vilató
IX-87

Ton amour est comme le vent,
le mien comme la pierre
qui est sans mouvement.

J'entrai dans le cimetière,
jusqu'au romarin qui m'a dit
que ton amour était faux

Je vais devenir fou,
parce qu'une vigne que j'ai
un autre la vendange.

Je vais comme un prisonnier;
derrière moi va mon ombre,
devant ma pensée.

Que grande est ma peine!
Je suis tombé dans un puits
et ne trouve la sortie.

Je l'ai trouvée morte;
et la voyant si jolie
le visage lui couvris.

Ma mère à moi est morte;
il n'y a plus de mère au monde:
Mère, c'est celle que j'avais !

Ma mère est morte.
Une chemise que j'ai
personne pour me la laver.

Un chant qui monte aux lèvres,
c'est une goutte de miel
qui déborde du cœur.

Petite, tu es très folle :
tu es comme les cloches
que tout le monde sonne.

Approche, femme, et tais-toi,
car tu as gardé neuf mois
mon sang dans ton corps.

Appuie-toi à mon amour
comme les salamandres
s'appuient au mur.

Ton corps est un ciboire
tout empli de marches
pour monter à la gloire.

Je te dis la vérité :
si Séville était mienne,
tu en aurais la moitié.

Ton amour et mon amour,
encor qu'arrosés de pleurs,
ne peuvent s'enraciner.

Que faut-il te dire de plus,
lorsque le cœur, de lassitude,
me sort par la bouche ?

J'entrai dans le cimetière,
je levai une dalle noire,
je rencontrai ton amour.

De peine je me meurs,
voyant que tu vis dans le monde
quand déjà pour moi tu es mort.

Dans une chambre tous deux,
poison tu me donnerais,
poison, moi, je prendrais.

Vois combien je t'aime,
je baise même ta bouche
où vivent tant de baisers !

Peu me soucie que tu t'en ailles,
mais me soucie que tu emportes
du sang à moi dans tes entrailles.

J'ai plus de pouvoir que Dieu,
car Dieu ne te pardonne pas
ce que moi je t'ai pardonné.

Que je t'aime, tu le sais,
mais je ne le confie
ni à toi ni à personne.

Je t'aimai une semaine,
l'autre je ne t'aimai plus,
car je n'avais plus envie.

Quand je te vis au lit,
à mon cœur, de chagrin,
lui tombèrent les ailes.

Quand je passe par ta porte,
pour toi je dis un Ave Maria,
comme si tu étais morte.

À moi m'importe peu
que l'oiseau dans l'allée
aille d'un arbre à l'autre.

Tu viendras me chercher
avec le cœur ouvert
pleurant des gouttes de sang.

Un jour j'étais près de ta porte,
trois gitans t'appelèrent,
je ne sais ce qu'ils te voulaient.

Toujours t'achetant des peignes,
je te trouve dépeignée,
gitane, dis, qu'as-tu ?

À quoi bon tant pleuvoir ?
J'ai mes yeux desséchés
de semer sans récolter.

Aime-moi comme je t'aime,
et tu me verras mourir
comme le Christ sur le bois.

Je pars servir le roi,
le vent qui bat ta porte,
ce sont mes soupirs.

La chaumière que j'habitais,
comme elle était de verre et sable,
le vent l'emportait.

Gitane, allons lentement,
car ce chemin est très court,
et je veux le faire long.

Petite, viens avec moi,
rien ne te manquera…
pour que tu restes nue.

Ta mère ne dit rien :
elle est de celles qui mordent
avec la bouche fermée.

Je m'appuyai à la muraille,
la terre tomba sur mes yeux.
Avec ma main je m'aveuglai.

Va chez le riche, qu'il te donne ;
s'il ne te donne pas le riche,
viens ici, je te donnerai.

Mon amour est bien plus fin
que l'essence du jasmin,
de la rose et de l'œillet.

COPLAS
DE L'AMOUR ANDALOU

Vilato
IX-97

Le jour que tu naquis
que le soleil dut être triste,
de voir un autre soleil
plus splendide que lui !

De roses et d'œillets,
de giroflées aussi,
s'emplit ta bouche
lorsque tu ris.

Tes yeux, ô ma brune,
ont telle vertu,
qu'à ceux-là mêmes qu'ils tuent
ils donnent le salut.

Ton visage on l'appelle
Sierra Morena,
et tes yeux, des voleurs
qui vont à travers elle.

– Avec quoi laves-tu ton visage,
que tu sois si vermeille ?
– Je le lave avec l'eau claire,
Dieu ajoute le reste.

Ton haleine fleure
le citron, petite :
il y a dans ta poitrine
un citron en fleurs.

Je ne sais ni comment ni quand
m'est venu dans l'âme
un petit feu lent
dont on ne voit pas la flamme.

Une petite douleur douce
j'ai, amour, ici :
par où es-tu donc entré
que je ne t'ai pas senti ?

Qui aurait cette chance
qu'a la lumière,
qui s'éteint et demeure
là où tu dors !

Ce n'est pas de ma faute
si, la rose étant tienne,
son parfum vient à moi.

Tu me regardes, je te regarde ;
tu te tais, je me tais :
je ne sais ce que tu espères,
ni moi ce que j'attends.

Le confesseur m'a dit
de ne pas t'aimer,
moi, je lui dis : "Ah, mon père
si vous la voyiez... !"

Je n'irai pas à l'église,
car je perds la dévotion :
je dis : "tu es bénie",
et c'est à ton intention.

Si cet amour que je te porte
se convertissait en blé,
n'y aurait maison en Séville
qui n'aurait son grenier.

Si tu vas à la guerre,
mets mon portrait sur ton cœur,
que si une balle vient,
ensemble elle nous tue.

Tu m'as regardé, je t'ai regardée,
et ce que tu voulais me dire,
par les yeux je l'ai écouté.

Tu es mon premier amour;
tu m'as appris à aimer;
ne m'apprends pas à oublier,
je ne veux pas l'apprendre.

Si tu veux m'oublier,
mieux vaut me tuer:
on prie pour les morts,
non pour les oubliés.

Emporte là-bas mon cœur;
si tu veux le tuer, tu peux;
mais comme tu es dedans,
tu meurs aussi en le tuant.

Prends ce petit poignard,
ouvre-moi la poitrine,
tu verras ton portrait
comme il est bien fait.

Prends, fille, cette orange ;
je te la donne parce que je t'aime ;
ne la coupe pas avec un couteau,
car mon cœur est dedans.

Le cœur je t'aurais donné
par la fenêtre ;
sans le grillage
je t'aurais donné l'âme.

Je lançai un citron en l'air,
pour voir s'il rougirait ;
monta vert et descendit vert :
verte est mon espérance.

J'ai cherché oranges dans la mer,
mais la mer n'en a pas ;
dans l'eau j'ai mis la main :
l'espérance me nourrit.

Si tu veux que je t'aime,
parfume-toi de romarin,
pour que s'efface le parfum
de tes amours premières.

Tu es une et tu es deux,
tu es trois, tu es quarante ;
tu es la cathédrale
où tout le monde entre.

Prête-moi tes yeux,
j'en aurai quatre ;
car je ne peux avec les deux
pleurer mon mal.

Cette guitare que je touche
a une bouche et sait parler ;
mais lui manquent les yeux
pour m'aider à pleurer.

J'ai une douleur, je ne sais où,
née de je ne sais quoi ;
j'en guérirai je ne sais quand,
si me soigne je ne sais qui.

Je suis plongée dans l'eau
jusqu'à la ceinture ;
mon fiancé avec une autre,
et moi avec tant de froidure !

Un impossible me tue ;
d'un impossible je meurs ;
impossible est d'atteindre
l'impossible que je veux.

Trois fois je pris la plume ;
trois fois je pris l'encrier ;
et trois fois par terre
le cœur me tomba.

J'ai une peine, quelle peine !
J'ai une douleur, quelle douleur !
J'ai un clou enfoncé
dans le mitan du cœur.

À Dieu j'ai demandé
si s'achèverait ma peine,
il me dit : "Cela ne se peut :
tu ne vivrais pas sans elle."

Lapidez-moi, les gars ;
sortez chiens, mordez-moi ;
une fille de cette rue
m'a dit qu'elle ne m'aime pas !

À ta porte j'ai trébuché ;
à ta fenêtre je suis tombé ;
aux barreaux me suis accroché :
pardonne si je t'ai offensée.

Peu durèrent, ma mère,
mes joies ;
peu durèrent, ma mère,
parce qu'elles n'étaient qu'à moi.

Vierge de la Solitude !
Dans les bras de mon aimé
pouvoir me jeter à pleurer... !

Un saint Christ de fer
je l'ai fait pleurer ;
étant de fer il pleura,
de chair qu'aurait-il fait ?

Ne pleure pas mon cœur,
ne sois pas affligé :
car ce qui fut et n'est plus
c'est qu'il n'a pas été.

NOTE

Les recueils qui composent ce volume ont été publiés en édition bilingue par les éditions GLM. Les *Coplas espagnoles* en 1949 (avec un frontispice de Vilató), les *Cantes flamencos* en 1955, les *Coplas de la peine et de l'amour* en 1958, les *Soleares* en 1960, et les *Coplas de l'amour andalou* en 1964. Le texte de présentation de Guy Lévis Mano figure dans les *Coplas de la peine et de l'amour*, celui de Lorca dans les *Cantes Flamencos*. L'ensemble de ces plaquettes a été réuni une première fois aux éditions Allia en édition bilingue illustrée par Javier Vilató en 1993. Il a été tiré à cette occasion 30 exemplaires de luxe accompagnés d'une gravure originale de Javier Vilató.

TABLE

PRÉSENTATION 7

COPLAS ESPAGNOLES 11

CANTES FLAMENCO 27

COPLAS DE LA PEINE ET DE L'AMOUR 39

SOLEARES 53

COPLAS DE L'AMOUR ANDALOU 65

NOTE 77

ACHEVÉ D'IMPRIMER
DANS L'UNION EUROPÉENNE
POUR LE COMPTE DES ÉDITIONS ALLIA
EN JUILLET 2016

ISBN : 979-10-304-0435-7
DÉPÔT LÉGAL : AOÛT 2016

1re ÉDITION : JANVIER 1998
5e ÉDITION : AOÛT 2016